LE VRAI PATRIOTISME,

ou

LA VOCATION

DE SAINT BERNARD.

ESSAI D'UNE PIÈCE SOLILOQUE;

PAR LE COMTE BICHI.

PARIS.

WAILLE, LIBRAIRE-ÉDITEUR, RUE CASSETTE, 8.

1842.

LE VRAI PATRIOTISME.

POISSY, IMP. D'OLIVIER-FULGENCE.

LE VRAI PATRIOTISME,

ou

LA VOCATION

DE SAINT BERNARD,

ESSAI D'UNE PIÈCE SOLILOQUE;

PAR LE COMTE BICHI.

A L'IMAGE N.-D. DE LORETTE.

POISSY,   PARIS,

G. OLIVIER-FULGENCE.   WAILLE, LIBRAIRE,

MAISON DE L'ABBAYE.   RUE CASSETTE, 8.

1842.

LA VOCATION DE SAINT BERNARD.

ESSAI D'UNE PIÈCE SOLILOQUE.

PERSONNAGE UNIQUE.

SAINT BERNARD.

La scène est à Fontaine, près de Dijon

SAINT BERNARD.

Des insomnies agitées! des rêveries brûlantes
qui m'enveloppent comme des convulsives
étreintes!... seraient-ce là mes hymnes?...
sont-ce là mes travaux??

Quel tumulte, quelle sédition dans mes idées ! quelle agitation violente dans mon sang!... Est-ce un élan de jeunesse, un bouillonnement de sève qui déborde, un orage qui passe?... ou plutôt ces effusions inquiètes, ces saisissements, ces palpitations, ces attendrissements irrésistibles, ces déréglements d'extases ne seraient-ils, hélas ! qu'une révélation clandestine de ma propre nature, dont la traduction nette serait celle-ci : Tu ne pourras pas te passer de la femme !

Le fantôme de l'amour que je vois se dresser sur la table de mes livres, vient-il donc couvrir de ses ailes la grande idée de ma mission?... Et cette verve, cette exaltation que je croyais toute pleine de prophètes, ne serait-elle donc autre chose que l'imagination de la chair, lourde vapeur qui ne se lève pas de terre, ou qui, si elle veut s'élancer, ne dépasse point les piédestaux de la Grèce et de Rome?

O cœur lâche, méprisable insurgé, la grande poésie du sacrifice se serait-elle retirée de toi? Ne t'en souviens-tu pas? Nous devions traverser la vallée des illusions, comme l'Ange de Dieu qui sème la rosée et passe sans toucher aux fleurs de la terre; et maintenant.........

Pourquoi l'ai-je donc vue?... et pourquoi ce visage enivrant comme une création nouvelle est-il resté dans mes yeux?

Mon Dieu! mon Dieu! qu'elle est pleine de

funérailles l'idée de renier la vierge, dont l'image s'est couchée sur notre âme ! J'aurais enduré tous les tourments de la terre sans jeter un soupir; mais abdiquer mon amour, la vie de mon cœur, c'est plus que m'enfermer un fer rougi dans les entrailles, c'est... Oh ! je bois mes larmes, c'est le sang de l'âme déchirée !

Malheureux ! quand on présente à ma soif une coupe toute pleine, je n'y poserai pas mes lèvres ? Et lorsque la nature fait épanouir la rose devant moi, je n'aspirerai pas son parfum ?

Oh ! mépris sur celui qui ne rendrait pas hommage à ce qui sent le plus l'Ange de Dieu

sur la terre ! C'est la femme qui nous élève au-
dessus de notre lourde existence ; c'est un front
de vierge qui promène nos brillantes rêveries
au-delà du cercle étroit des intérêts vulgaires ;
ce sont deux beaux yeux qui versent la vie et la
richesse dans l'imagination.   Sans la femme,
toute harmonie se tait, et toute beauté disparaît.
La terre peut bien chanter dans ses torrents,
dans ses brises et dans ses oiseaux ; le soleil
peut éclairer des monts, des vallées, des fleuves
et des mers ; mais que sont pour nous toutes
ces ondes, toutes ces plaines et toutes ces mon-
tagnes, si la femme n'est point là pour leur
prêter son langage et son rayonnement? Un
rocher aride, mais embaumé des pas d'une fille
d'Ève, est plus beau qu'un Éden d'où la femme
serait chassée.   O compagne de l'homme,

suave esprit d'harmonie et de flamme, tout ce qui est beau, c'est toi, tout ce qui est sublime, c'est encore toi. Sans doute, au milieu des merveilleuses inspirations de la création, l'Éternel se couronna de ses rayons les plus doux, lorsque, pour compléter l'homme, il lui jeta entre les bras la plus belle des créatures. Compagne de l'homme, reine du monde, ton manteau royal était le sourire de la satisfaction divine !

Et l'âme aussi, l'âme de la femme est belle, belle et sublime des deux grandes forces : l'amour et le dévouement.

Qui, sur la montagne des suprêmes douleurs, lava de larmes pleines d'amour les plaies du Christ, ces parures visibles de l'Amour infini ? Ce furent des femmes. Oui, là sur le Golgotha, l'intelligence de l'amour et du dévouement se dévoila au doux cœur de la fille d'Ève; et ce fut là, je pense, que le regard dernier du Fils-de-l'Homme qui, à l'heure des fécondes agonies, ne rencontra sur la terre que le regard de la femme, y laissa ce rayon de céleste pitié qui s'empare de toute âme où il se pose.

Livrons-nous donc à l'amour : nous mêler au doux cœur de la femme, c'est retrouver la portion qui nous manque, celle que le souverain Artiste façonna une seconde fois.

Oh! oui, vierge de mes soupirs, ravissante enfant qui chantes sur la cime de toutes mes pensées, viens enchanter mes yeux, viens parfumer mon esprit; mes veilles seront éclairées par toi : la véritable lampe inspiratrice, c'est la présence de sa bien-aimée ; car l'on ne peut jamais deviner mieux le langage des anges que lorsque l'on se sent tout fondre de tendresse !

Mon Dieu ! mon Dieu ! quel débordement de rêves !... d'où vient-il ?... où suis-je tombé ? qui préside à ces nouvelles pensées ? — Mon cœur me dit : L'amour. — Et cet amour,... qui y préside ?

Hélas ! il n'y a que la plus misérable réponse : — *Moi* !

La patrie demande-t-elle quelques enfants de plus ? — Non, certes. Il y aurait plutôt besoin d'un frein moral à cet excès de population : les bras ne manquent pas ; c'est le cœur qui fait défaut. Ce qu'il faut à mon pays et à mon siècle, c'est un maître des mœurs, c'est un réformateur sévère, c'est un cœur patriote, c'est un Apôtre.

Un Apôtre!... un élève du Calvaire!... un homme voué au salut des hommes!... Et peut-on obéir à la loi du sang, aux exigences de sa propre individualité; aimer une femme, se faire une famille à soi, et accomplir toute entière la mission d'Apôtre? O réflexions, venez, venez; que le cœur saigne, n'importe! Jetez toute votre clarté dans le champ de ma pensée : c'est maintenant qu'il nous faut descendre au fond de l'entendement, c'est maintenant qu'il faut nous plonger dans la lumière d'en haut.

Celui qui serait absorbé, comme notre cœur le voudrait, dans l'amour de sa bien-aimée, comment pourrait-il veiller de toutes ses forces au salut de son pays, auquel l'Apôtre doit tous ses travaux et toute sa vie?

Celui qui devrait penser à parer du bonheur de ce monde l'existence de ses enfants, comment pourrait-il désavouer les joies terrestres et ne rien disputer aux autres familles, avec lesquelles l'Apôtre ne peut jamais entrer en concurrence?

Cela suffirait, mon Dieu! mais il y a plus encore. Quel homme, si prudent qu'il soit, quel homme attaché à une femme, peut se jurer que la discorde n'entrera jamais chez lui? — Et le jour du désordre malheureusement arrivé, comment apporter la paix au sein des autres familles, quand on n'aurait que le tumulte et la discorde dans la sienne?

La sublime idée de l'abnégation qui doit toujours être debout au cœur de l'Apôtre, que deviendrait-elle, si la jalousie venait dévorer les jeunes entrailles du prêtre? Sa maison, qui ne doit être que la succursale du sanctuaire, comment resterait-elle accessible à tous, lorsque la plus terrible des passions rugirait sur le seuil?

Et de quel front enfin le prêtre-époux de la femme soupçonnée, oserait-il se présenter à l'autel, lorsque le démon de la raillerie publique du haut de la tonsure ferait les plus obcènes grimaces?

Qui écouterait sérieusement celui qui serait la risée de la foule ?

Qui, qui croirait jamais aux bénédictions d'un jaloux ?

Quelles redoutables vérités !!!

C'est vous, Seigneur, qui jetez dans mon âme des lumières si pures ! — Je le reconnais, les feux de l'Apôtre et les feux de la femme ne peuvent pas brûler ensemble sur le même autel : le dévouement que l'Église et la patrie réclament ne peut se développer sous d'autres flammes que sous celles d'en haut.

Fuyons, fuyons donc la trop belle ennemie de ma mission ! Mon imagination ne doit plus s'arrêter devant ce charmant fantôme, eût-elle la force de le regarder sans le toucher de son aile. Hélas ! hélas ! la nécessité d'une si effrayante victoire nous interdit cet amour, même sous ces formes idéales, qui échappent aux sens !

O mon âme, tu ne pourrais te désaltérer jamais à cette rosée d'un instant ; lève-toi, reprends ton antique essor ; il y a là haut une mer immense d'amour où les feux de la terre s'éteignent, plonge-toi dans ces flots, cherche-toi dans l'Amour absolu, et rien de ce qui s'évapore ici-bas, n'arrivera plus à toi.

Oui, Seigneur, je suis à vous..... Ce n'est pas ma volonté qui tremble, c'est cette argile ; c'est l'extrême effort de la fibre terrestre qui va se briser.

Misérable nature, tu peux me torturer, me brûler tout vivant ; roi de ma détermination, je me place au-dessus de ta révolte, aux pieds de Celui qui émigra du trône de toutes les délices pour venir sanctifier nos luttes et nos souffrances.

O Fille du Calvaire, ô reine des grandes intelligences, ô passion géante, passion du Christ, ô Charité, viens, enveloppe-moi de toutes tes flammes, brûle-moi, et que tout ce qui sent la terre, même la scorie des rêves, ne soit plus dans ma vie qu'un souvenir de ta victoire.

Aigle mystérieux des collines éthérées, saisis, enlève, emporte-moi devant la face lumineuse de ton soleil, et accoutume ma confiante prunelle aux rayons qui éclairent les siècles sans fin.

Guide infaillible du génie, mène-moi dans le silence des cloîtres, dans les déserts; partout je suivrai tes pas, et, jusqu'au dernier de mes jours, je m'éclairerai de ta lumière, car ton flambeau ne s'éteint jamais.

Maintenant c'en est fait!! — Que je te rends grâce, mon Dieu! voici encore un de tes présents! C'est toi qui me la donnes cette croyance indépendante qui vient me dire au fond du cœur que le flambeau de l'amour terrestre n'a lui devant moi que pour éclairer l'arrêt qui le condamne.

Oui, c'en est fait ! Plus de pactes désormais avec les penchants de la terre ; je crucifie l'homme sur ma résolution. . . . . . .

. . . .

Quelque chose de surhumain a traversé tout mon être ;... une lueur céleste a passé dans mes yeux, et l'image de la femme n'y est plus. Ce sont là de tes grâces, ô grand inspirateur des sublimes desseins !

Enfants de divines extases, citoyens de l'Horeb, paraissez maintenant: je veux tressaillir, brûler, m'enivrer comme vous de la volupté de divines caresses. Ce qui palpite dans mon cœur et flamboie dans ma pensée, c'est un impérissable désir, c'est la flamme de la Beauté qui ne se fane jamais ; elle va se révéler devant moi : je sens, je sens des ondes lumineuses monter dans ma poitrine ; ineffable bonheur ! submergé dans cet amour dont tous les mouvements sont des créations, j'en garderai la sainte véhémence pour l'apporter au sein de la patrie, et la patrie sera !

Oui, j'avais demandé plus d'une fois à moi-même : — Que suis-je venu faire en ce monde ? Et toujours la même voix intérieure me répondait : — Pour la Foi et pour la Patrie. — C'est bien ! je n'ai plus d'autre amour que Dieu, plus d'autre passion que la patrie.

Un seul pasteur, une seule famille, voilà l'idée souveraine. C'est de cette divine pensée que nous prendrons toutes nos inspirations.

Point de repos pour nous jusqu'à ce que la discorde, ce grand adultère des châteaux et des villes ne soit plus qu'un repentir; point de repos jusqu'à ce que la France soit une et puissante sous la grande égide de la Royauté.

Le démon qui dore la fange des individualités ne doit pas être nationalisé chez nous. Des factions, des partis, que sont-ils, sinon de misérables rumeurs, des sifflements d'une vapeur qui se perd? Que tout Français placé au-dessus des intérêts individuels ne se cherche et qu'il ne se trouve que dans la force et dans la gloire de la grande unité. La France est là; je n'en connais pas d'autre. O ténèbres seigneuriales, Dieu vous ordonne de disparaître. — Je viendrai vous trouver, champions de la discorde, ô Barons égarés, je viendrai vous trouver dans votre nuit gothique, dans vos châteaux crénelés, où semblables à l'hiver lorsqu'il médite des orages, vous vous entourez de pensées de révolte et de destruction. Je percerai vos parois hérissées de lances, et je saisirai au collet doré vos prétentions, pour les immoler sur l'autel de la patrie.

C'est flétrir le laurier des braves, que d'en parer vos sanglantes rivalités; votre gloire n'est qu'une torche nourrie de la chair et du sang de vos frères; et ce que vous appelez courage, n'est qu'un sacrilége effronté qui consomme ses orgies sur les funérailles de la patrie.

A bas les étendards de la cupidité! anathème à qui arrache des pierres à l'édifice de la commune patrie pour en créneler des profanes individualités!

En vain votre orgueil se révolte et se déchaîne; je viens l'affronter: ces flofs irrités se briseront contre ma poitrine, car je suis appuyé sur la pierre colossale que le Christ posa de sa main, et que nulle violence ne renversera jamais.

Arrête, génération nouvelle, non, tu ne marcheras pas dans ce chemin-là, où la discorde dévore comme le cimetière, et ne s'assouvit jamais. L'Ange de la patrie m'a placé ici, barrière vivante, devant toi.

Je ne suis que poussière, il est vrai, mais touchée du doigt de Dieu, cette poussière devient une puissance inébranlable. Les cieux s'abaisseront sur ce morceau d'argile ; et cette faible poitrine, livrée à des élans inconnus, résonnera comme l'Océan, car le souffle qui fait les grandes élévations, y sera entré.

Toutes les fois qu'il le faudra, les triomphantes filles de l'Évangile m'inonderont de pensées larges et vastes, et les prophètes à la bouche d'airain rediront à mon oreille leurs accents de fiévreuse horripilation. Je laisserai aller la parole qui débordera du foyer de l'âme ; ce ne sera pas de l'éloquence humaine ; ce seront des charbons ardents qui tomberont de mes lèvres ; mais de ces charbons la conviction et la victoire sortiront comme la chaleur et la fécondité des rayons du soleil.

Oh! que les vues des hommes sont courtes! « Il faut de longues études, disent-ils, pour trouver la parole qui s'empare des âmes! » Rien de tout cela. Sentez profondément Dieu et la patrie, et vous êtes orateurs et poètes.

Allons, le désert me réclame; allons nous remplir de Dieu pour en féconder après ma patrie et le monde. Il me faut une force surhumaine pour ramasser mon siècle qui est tombé dans la boue; cette force, cette âme indépendante, comme celle d'un citoyen du Ciel, la société ne la donne pas. L'indépendance ne jette de profondes racines que dans le cœur de celui qui a fait le sublime pacte de ne rien vouloir des hommes. Ces pactes-là ne se font qu'aux pieds du grand Couronné d'épines, aux pieds du Roi qui m'appelle sous le drapeau de toutes les victoires; et moi je brûle de m'y rendre. L'austère et sainte retraite de Cîteaux, où l'on n'entre qu'en immolant le *moi* sur la pierre de la porte, préparera mon âme à l'auguste alliance. Là, enveloppé des rayons de la grâce, je ne regarderai mon pays qu'à travers celui qui a rédimé la vaste famille humaine, et je l'aimerai davantage; j'aimerai tous les enfants de Dieu : j'aimerai comme on aime dans l'Océan de toutes les amours.

Ouvrez-moi donc le livre du Golgotha, Anges de l'abnégation. C'est sur les tempes déchirées du Fils-de-l'Homme, c'est sur ses fibres toutes frémissantes de charité que l'on apprend l'amour vrai de la patrie. La page éternelle du patriotisme, c'est la sainte poitrine de la grande Victime du Calvaire. Sur cet ardent foyer de l'amour sans fin, je trouverai toutes fraîches de vie les idées de ma mission ; dans ce réservoir unique du Verbe qui crée, je puiserai la parole irrésistible, la parole de saintes réformes.

Oui, oui, la parole de Dieu enfanta le monde : la parole de son Apôtre enfantera une patrie.

Allons, allons à Cîteaux ; — mon âme a besoin de solitude et de méditation.

FIN.